# Saturno

Kate Riggs

CREATIVE EDUCATION
CREATIVE PAPERBACKS

semillas del saber

Publicado por Creative Education y Creative Paperbacks
P.O. Box 227, Mankato, Minnesota 56002
Creative Education y Creative Paperbacks
son marcas editoriales de The Creative Company
www.thecreativecompany.us

Diseño de Ellen Huber; producción de Joe Kahnke
Dirección de arte de Rita Marshall
Impreso en los Estados Unidos de América
Traducción de Victory Productions, www.victoryprd.com

Fotografías de Alamy (Aaron Bastin, Tristan3D, Janez Volmajer), BLACK CAT STUDIOS (Ron Miller), Corbis (13/Ocean), Getty Images (DEA/G. DAGLI ORTI), NASA (NASA/ESA/JPL/SSI/Cassini Imaging Team, NASA/JPL, NASA/JPL/Space Science Institute, NASA/JPL/SSI), Science Source (David A. Hardy, Detlev van Ravenswaay), Shutterstock (Vadim Sadovski, SirinS), SuperStock (Science Photo Library, Stocktrek Images)

Información del Catálogo de publicaciones de la Biblioteca del Congreso is available under PCN 2017935804.
ISBN 978-1-60818-952-6 (library binding)

# TABLA DE CONTENIDO

¡Hola, Saturno!

El planeta Saturno tiene anillos y es el sexto desde el Sol. Está hecho de gases. Los vientos agitan los gases.

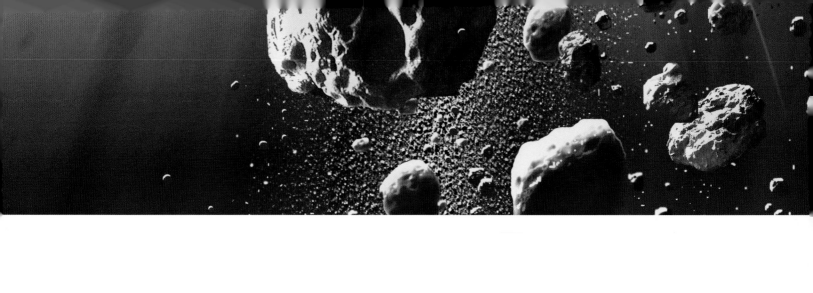

El calor dentro de Saturno se mezcla con los vientos. El planeta parece tener franjas amarillas y doradas.

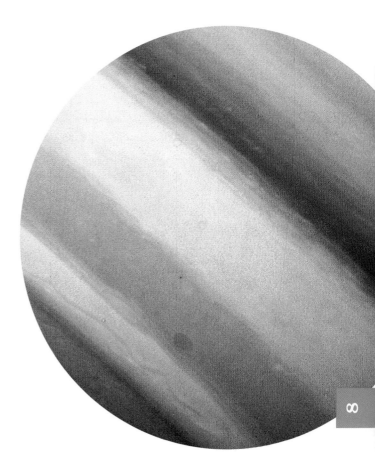

Los anillos de Saturno están hechos de roca y hielo.

Titán es la luna más grande de Saturno.

¡Hay 52 lunas más! Cada una es diferente.

Saturno es el planeta más lejano que podemos ver desde la Tierra. Saturno tarda 29 años en hacer una órbita alrededor del Sol.

Los astrónomos estudian los planetas. Galileo vio a Saturno en 1610. Él usó un telescopio para ver sus anillos.

Pedazos de roca helada rodean a Saturno. Vientos súper veloces soplan gases.

18

# ¡Adiós, Saturno!

Imágenes de Saturno

franjas de nubes

anillos

Titán

atmósfera

## Palabras que debes saber

**órbita:** movimiento de un planeta, una luna, u otro objeto alrededor de otra cosa en el espacio exterior

**planeta:** un objeto redondeado que se mueve alrededor de una estrella

**telescopio:** una herramienta para ver que hace que los objetos lejanos parezcan más cercanos

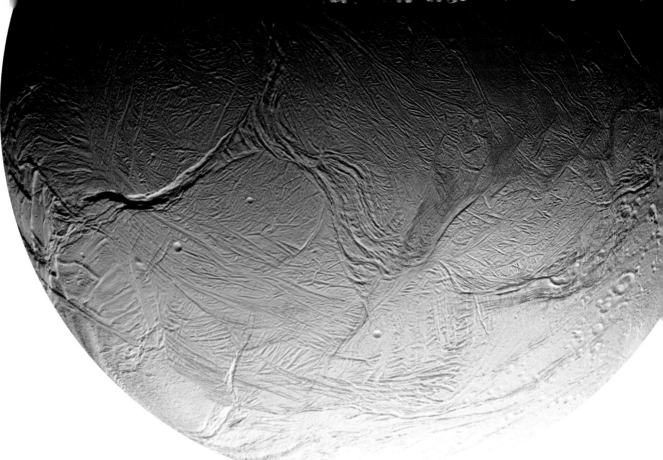

Encélado

# Índice